勝尾寺
勝尾寺

神棚

滝畑ダム

玉手橋・道明寺

共白髪

釜谷 勝代

文芸社

共白髪●目次

新しき年

写真撮影／釜谷勝代

初釜をたてて楽しむ話しする

氷張りこの寒さにも椿咲き

寒椿雪の中でも咲いている

さざんかよ寒さにこらえ咲いている

道ばたに咲きしさざんか紅白で

私が子供の頃

私たちが子供の頃は戦争が終わったばかりで何もありませんでした。大人の人たちは、皆炭鉱へ行って働いておられました。男の人は坑内で石炭を掘る人と、坑外で仕事をする人がいました。

女の人たちは、選炭と言って、坑内から運び出された石とか土の中から、石炭を取り出す仕事をしていました。

その作業で捨石《すていし》になったボタがたくさん出て、それが山のように積み上がり、ボタ山となりました。このボタ山には、まだボタに混じって大切な石炭が残っていましたので、その石炭を、子供とかお年寄りが皆で拾《ひろ》いに行っておりました。

私のように障がいを持っていても、皆と一緒に拾いに行きました。そして、拾い集めた石炭を一斗缶で燃やし、石炭殻を作りました。これを七輪でおこして鍋をのせ野菜を炊いたり魚を焼いたりしました。

その当時は炭鉱に働いている人だけに豆炭の配給とか、炊きもんとか、いろいろな食用品の配給がありました。豆炭の粉がある程度たまったら、赤土と水とで混ぜ、それを団子にして乾かしておきます。またそれを煮炊き用に使っていました。

また、炭鉱のお風呂で燃やした多量の石炭殻を拾いに行きました。

あの頃は皆貧しくて、食べるものもなく困りました。山に行き、つわぶきとか薩摩芋の茎とか、食べられるあらゆるものを採りました。川に行っても遊びではなく魚はもとより、いろいろなものを取っていました。田んぼに行っても食べられるものは何でも取って来て食べておりました。

その頃は障がい者も健常者も皆同じく分け隔てなく働いておりました。

一番の楽しみは親から五円をもらって落花生のお菓子を買いに行くことでした。子供たちに大人気だった「芋のんき」「雀の卵」とかは一個五十銭でした。なるべく大切な五円を有効に使おうと思い、皆であれこれ考えて買っていました。

夏は水に砂糖を加えて作るアイスボンボンとか、同じく砂糖を加え食紅を加えたアイスキャンディといったものがおやつでした。

祭りの時だけは、おこづかいが特別に十円か二十円もらえ、とてもうれしかったものです。それで何を買おうかなと思い、胸をワクワクさせて皆と一緒にかけて行った祭りの思い出は今でも忘れられません。

楽しかった祭りが終わったら、またいつもと同じように、石炭とか殻を拾いにボタ山に行きました。その当時は今みたいにテレビも、ゲームもおもちゃもないのです。ペチャ（めんこ）とかビー玉遊びをしたり、道にロウセキで絵を書いたり、そのくずを投げてゲームしたり、縄跳びとかお手玉で遊んでおりました。スカートを下着のゴムにはさんで、ゴム跳びもしました。その時に必ず歌を歌いながらリズムをつけてやりました。その歌は今でもハッキリと覚えております。

金鵄《きんし》輝く日本の　あいこでアメリカヨーロッパ、パイの、パイの、パイの見物に、にんにん肉屋の番頭さん
一列残飯破裂して日露戦争となりました。さっさと逃げるはロシヤの兵、死んでも尽くすは日本の兵
一、二、三、四の二の五、三、一、四の二の四の二の五

こう言う歌を歌いながら、お手玉や縄跳びをしておりました。今では考えることも

想像もつかない素朴な遊びだと思います。

私たちが子供の頃は炭鉱もたくさんあり、炭鉱の長屋も多くありましたが今ではその面影もありません。きれいなゴルフ場になったり、立派な家が建ち並んでおります。

その当時は、自分の子供も近所の子供も、障がいを持っている人たちも皆、何の分け隔てなく一緒に大家族のように暮らしていました。ところが今では本当に隣の人の顔も知らない、家の近所で顔を知っていても挨拶もしない人もおります。私たち障がいを持っている人は、何かバカにされているような感じになることもあります。けれども良い方もたくさんいておられます。私たちは障がいを持っていても、近所の方々には良くしてもらっています。

これから先もいろいろな事にぶつかるでしょうが、負けずに甘え過ぎずに、頑張って私らしく生きようと思っております。

春のいぶきに

水仙の香にさそわれ友と行く

梅の花終わって成りし桜かな

ひな祭り歳をとっても楽しいね

春風にさそわれながら花見する

長瀬川鳩も一緒に花見する

白鷺と鯉も一緒に花見かな

吉野山皆で行きし花吹雪

夏も近づく

藤の花盆栽で見る楽しさよ

芝桜ピンクに染まり土手のはた

初節句鯉が青空で泳いでる

五月晴れそよ風吹きし家族寄る

青空に大きく広がる入道雲

雨だれを聴きながら

公園に友と見に行くあやめかな

梅雨の中家の窓から空を見る

友と行く梅雨のあいまに姫路城
あじさいが雨に打たれし夏を待つ

静御前

山に行き静御前の花を見る

七夕に願いを込めて星を見る

笹の葉にいろいろ願いする人よ

大阪暮らし

青空に舞い散る落葉道を染め
赤くなり風がないのに葉が落ちる

秋空に通天閣がそびえたつ

秋の日にコスモス咲きし道の端

長瀬川鳩と一緒に落葉見る

からす鳴き朝日に向かい飛んで行く

ビルが立ち通天閣もかくれんぼ百年間をみつめたりしか

夜になり明るく光るネオン街寄り添う二人静かに見つめ

童話

「もぐらと、みみずと子供たち」

むかしむかしの物語。

ある所に一匹のもぐらが住んでいました。もぐらは土の中で、ずーっと生活をしていました。

もぐら君は家族五人で生活していました。お父さんもぐらと、お母さんもぐら、お兄さんもぐら、お姉さんもぐらと一緒に仲良く暮らしていました。

もぐら君はやんちゃ盛りで、いつも土の中を掘りまくっていました。そして、時々は外に出て、キョロキョロとあたりを見回していました。

ある日、そこへ人間のおじいさんとおばあさんが来て、

「また、もぐらがいてる」

と言って穴をつぶしてしまいました。

もぐら君は「なんでおじいさんとおばあさんは、せっかく掘った穴をつぶすんかな」と不思議に思いながら、それでもとんでいって穴の中に帰って行きました。

そしてもぐら君は、さっそくお父さんとお母さんにそのことを聞きました。するとお母さんに、

「外に顔ば出したり、歩き回ったら、いかん」

と言って怒られました。もぐら君には理由が分かりません。それでも、もぐら君はまた土を掘りまくり、遊びながら時々はやっぱり顔を出しながらあたりを見回していました。


するとと今度は人間の子供たちに見つかってしまい、

「あっ、もぐらや」

と言われました。もぐら君はびっくりして、あわてて逃げようとしました。すると、子供たちは、

「もぐら君は何で土の中にいてるのかな」

と言って不思議がっていました。

「ねずみ君とよく似てるのにな」

と言って、

「外に出ておいで」

と言いました。けれども、もぐら君は、

「僕は外には出られないのです」

と言って出て行きませんでした。子供たちはますます不思議がって、

「僕らも穴を掘って行ってみようかな」

と言いながら、手で穴を掘り始めました。

何度も何度も掘っても、深く深く掘っても、どうしても自分らが入れるほどの穴を掘ることは無理でした。

それを見ていたもぐら君は、

「子供たちはすごいな」

と言いながら、夕方になったので、家に帰りました。

子供たちも帰りました。家に入ったとたん、皆お母さんにすごく怒られてしまいました。着ているものはドロドロで、顔も手も足もドロだらけだったからでした。そのために、顔と手と足を洗い、着ている服もよくドロを払って家に上がりました。

ご飯を食べながら、子供たちも「あんなに上手に穴を掘れるもぐら君は、すごいな」と思いました。

もぐら君にはもう一人お友達がいました。それはやはり土の中にいる、みみず君でした。みみず君に、

「人間のお友達がいますか」

と聞いたら、みみず君は、

「人間てなんだか知らない」

と言ったので、

「僕と一緒に人間に会いに行こう」

と言って一緒に人間を見に行きました。

もぐら君は足が速いので、みみず君は、

「もっとゆっくり歩いてくれよ」

と言って仲良く歩いて行きました。やっと、前に子供たちがいた場所に着きました。そして、子供たちにもぐら君は、

「僕の友達です」

とみみず君を紹介しました。子供たちは、
「もぐら君のお友達には、こんなお友達もいるんだ」
と言って、喜んでみみず君とも一緒に遊びました。
みみず君は初めて外に出て子供たちに抱かれました。それをもぐら君に言ったら、
も温かいものなのだとはじめて思いました。そして、人間の手はこんなに
「僕も本当は抱いてもらいたいのです。けれど、外に出るのはだめだとお母さんに言
われているから、子供たちに抱かれるのはだめなの」
とさびしそうにみみず君に言いました。すると、みみず君は、
「もぐら君も抱かれたらいいのにな」
と言ってくれました。
それからというもの、何回ももぐら君とみみず君は子供たちと遊びました。
やがて冬になり、お正月になりました。それでももぐら君とみみず君は外にのぞき
に行き、子供たちのはねつきの音とか、こままわしやたこあげを見ながら子供たちと
仲良く楽しんでいました。

僕たちもぐらやみみずは土の中でのお正月です。もぐら君とみみず君も楽しく遊びました。

それからしばらくして子供らは、竹の棒の先にわらを巻き、縄でくくり、一月の十四日の準備をはじめました。

それを見たもぐら君とみみず君は、「何をはじめるのかな」と思いました。

じつは昔からの言い伝えで、一月の十四日の夜、子供たちが行う「もぐら打ち」と言う行事の準備だったのです。子供たちが、

「今年正月十四日、もぐら打って祝いましょう。鶴は千年、亀は万年。ここの旦那は一億年。金ばくれるか、もちばくれるか、もちやったらよがん、どっても太かとば」

と言いながら、家々を回るのです。

その時はもぐら君は打たれないようすばやく逃げ回りました。みみず君も一緒に逃げてくれました。

「一月の十四日だけは仕方ないな」

と言いながら、もぐら君の家族皆が逃げ回りました。

けれども、十四日過ぎたら、また雪が降ろうと、雨が降ろうと、子供たちと一緒に、もぐら君とみみず君は仲良く楽しく遊びました。

＊

今ではなかなかこんな楽しい遊びは味わえないことやと思います。
みみずももぐらも、今の子供たちは見たこともない子が多いと思います。
私たちの子供の頃はみんな仲良しのお友達でした。

ふるさと恋し

南天の実がぼつぼつと赤くなり
親芋と小芋掘りしを母が煮る

芋洗い手がかゆくなりこのつらさ

猪が竹の子掘って食べていく

山中では猿の親子が木の芽とり
お猿さん酒も飲まずに赤い顔

夕暮れてねぐらに帰るからすなり

飛び跳ねて子供の頃に超えた石岸辺に向かい昔をしのぶ

蓮の葉にたまりし露の夏空にトンボが遊ぶ池のそばにて

山々に朝霧去りて日を浴びて小鳥が鳴きし若葉の上で
都会では味わうことが出来ないが田舎の家のこの静けさよ

山を行く汽車の窓から見る景色静かに登る坂道けわし

世界遺産へ

夕暮れてかすかに見える富士の山
富士の山御来光を見て手を合わす

松原に羽衣と行く青空に

友人と京の都を散策し楽しみながら春を待つなり

六月は伊勢神宮にお参りし友と歩きし感謝の心

富士の山夏は暑くて何も着ず冬になったら雪の服着る

友と

他界して初めて分かる人の良さ

美女二人桜のなかでうもれてる

岸壁に夕日を浴びて立つ友と磯の香りと浪の音聞く

車椅子押してもらって散歩する岸の向こうで手を挙げる友

共白髪

田植えする田圃《たんぼ》の中で蛙鳴く
二人して梅雨の合間に散歩する

うでくみし肩を寄せ合う老夫婦

妻怒り聞こえぬ夫《つま》は笑顔なり

戒名を付けてもらって長生きし

白髪ふえお互い様と言う夫婦

海に行き岸辺に立って夕日見る願いをこめて祈る夫婦で

歳とりてお寺参りを夫婦でしあと何年間生きられるやら

私と電子《でんこ》ちゃんと車子《くるこ》ちゃん

私は子供の頃から、障がいを持っていましたが、車椅子とは縁がないと思っておりました。それが平成七年頃から急に車椅子と、お友達になりました。

「車椅子さんよろしくね。私の名前は勝ちゃんと言います。車椅子さんの名前は何と言いますか」

「私の名前は電動車椅子なので、電子《でんこ》ちゃんでいいですよ」

と言ってくれました。私が、

「電子《でんこ》ちゃん、ご飯は何を食べるのですか」

と聞くと、

「私は電気を食べるのよ」

と言いました。

「前にランプがあるでしょ。お腹がすいたら一つずつ減って行きますので残りが二つくらいになったら、充電してくださいね」

「はい、分かりました」

「今日、勝っちゃんは、買い物に行きたいのです。電子《でんこ》ちゃんお願いします」

「どこまで行くの」

「スーパーまで行きます。荷物がちょっと重いけれどかまいませんか？」

「いいよ」

そこでいろいろな物を買い、荷物は多くなりました。

「電子《でんこ》ちゃん、重たくない」

と聞くと、

「大丈夫！」

と言ってくれました。

「もしもこれが、主人と二人での買い物だったら、こんなに多く買うことはできないのにね、本当にありがとう。これも電子《でんこ》ちゃんのおかげです」

「どういたしまして」

と言いながら帰りました。

「そろそろご飯食べますか」

と聞くと、

「まだいらないよ」

と答えてくれたので、

「今度ランプが二つになったら食べてね」

と言って、部屋に連れて行ったけれども、

「電子《でんこ》ちゃん、まだお話があるのよ。手押しの車椅子さんもいるのよ。名前は車子《くるこ》ちゃんと言うのよ。遠くに行く時には電子《でんこ》ちゃんは大きくて、勝ちゃんと一緒には行けないので、ごめんね」

「いいえ」

「車子《くるこ》ちゃんと行く時には、ヘルパーさんに押してもらって行くのよ。電子《でんこ》ちゃんはちょっと大きすぎて電車とかバスに乗ることがむずかしいので、小さい車子《くるこ》ちゃんはヘルパーさんと一緒に行けるのよ」

「分かっているわ」

「電子《でんこ》ちゃんごめんね。もう少し暖かくなったら花見にも一緒に行こうね。買い物にもまた行ってくれる？」

電子《でんこ》ちゃんはしばらく考えて、

「うん、一緒に行ってあげるよ。勝ちゃん一人ではむずかしいので、荷物もたくさん持ってあげるよ。そのかわり前のランプが二つになったら、ご飯を食べさせてね」

「うん、分かりました」

車子《くるこ》ちゃんと電子《でんこ》ちゃんは勝ちゃんの大のお友達です。でも電子《でんこ》ちゃんの方が、車《くる》子《こ》ちゃんよりもながーいお友達です。車子《くるこ》ちゃんはヘルパーさんが来ないと、勝ちゃん一人では、どこにも行けません。

「電子《でんこ》ちゃん、一緒に頑張っていろいろな所に行ってくださいね」

「電子《でんこ》ちゃん、今日もお願いがあるのよ。市役所と福祉会館の事務所に行ってほしいの。お腹がすいていませんか？」

「もうぼちぼちすくけれどもまだ大丈夫よ」

「そしたら、これから行ってくれる？」

「うん、行こう」

行きは大丈夫だったけれども、福祉会館に着いた頃に電子《でんこ》ちゃんの車椅子のランプがとうとう二つになってしまいました。

「あー、電子《でんこ》ちゃん、お腹がすいてきた？　家まで頑張って帰れますか？」

「たぶん大丈夫よ」

勝ちゃんと電子《でんこ》ちゃんは急いで帰りました。

「電子《でんこ》ちゃん、お腹がすいたね。ごめんね、すぐ用意するから待っててね」

と言って、ご飯をたくさん食べてもらいました。

電子《でんこ》ちゃんは、一時半頃から六時頃までご飯を食べていました。

途中で主人が用事から帰ってきました。

電子《でんこ》ちゃんが、

「もう、お腹一杯になって、眠くなったので、部屋に帰りたいよ」

と言ったので、部屋に連れていきました。

「今日は本当に電子《でんこ》ちゃんお疲れさまでした。ありがとう。ゆっくり寝てね」

「勝ちゃんも、車子《くるこ》ちゃんもお休みなさい」

と電子《でんこ》ちゃんは言って、寝てしまいました。

これからもまだまだ、電子《でんこ》ちゃんと、車子《くるこ》ちゃんと、ヘルパーさんにはいろいろとお世話になることやと思います。

本当に、電子《でんこ》ちゃんと、車子《くるこ》ちゃん、一緒に仲良くやって行こうね。お願いします。

願いごと

パソコンで描いた仏像祈りごと

車椅子乗って空飛ぶ夢の中

岸辺立ち向こうの世界何がある行ってみたいな車椅子にて

3・11
家々を越える高波テレビで見あの怖さには身が縮むなり

あとがき

私が中学校を卒業して、早いもので五十年になります。さらには、結婚してから四十年を迎えようとしております。

また、文芸社よりはじめてのご本の『勝ちゃんは障害を持っててよかったわ』を出版させていただいて、十年になりました。その後、二冊目の出版の『句集　夫婦で歩いてきた道』を出して四年になります。

私も平成二十五年で、まさかの六十六歳になりました。

生まれた時は、医者から「この子は上手に育てても二十歳頃までしか生きられない」と言われたそうです。ところが、嘘みたいな話なのですが、何と私は二十歳を三回も過ぎました。

ただし、この六十年間のうち元気だったのは十八年間で、残りの四十二年ぐらいは何らかの障がいがありました。でも私は、障がいを持ってても健常者の方と少しも変わりなく、普通の人と同じように日々過ごすことができました。

それがこのところ、少しずつ体に不調が表れてきてしまいました。『勝ちゃんは障害を持っててよかったわ』の本を書いていた頃は、まだ元気で、他の人と何ら変わりなく家事もこなしておりました。主人にも特別、世話をかけたつもりもなかったのです。つまり、健常者のごとく日々を過ごすことができていたのです。

ところが、今から三年前頃から、右の腕に何か違和感を覚えるようになりました。不安な気持ちながら精一杯動かしていたのですが、日ごとに右手が自由にできなくなり、指も強張《こわば》り、さらに動きが悪くなりました。しかも、見た目にもはっきりと分かるほどに動かなくなり、パソコンを打つのも左手だけで打たなくてはならなくなりました。それからはご飯食べるのも、左手で食べております。

大好きな写真を撮るのも、主人かヘルパーさんにカメラを持ってもらい、レンズをのぞき、あれこれ構図を考えアングルを決めて、ここぞというところで左手でシャッターを押しております。

なぜなら、主人が撮ってくれる景色と、私が撮ろうと思う景色がまったく違うからなのです。私は自分でたとえワンカットでも納得のいく写真が撮りたいのです。主人とはいつも喧嘩しながら、お互いが譲らずにワイワイ言いながら撮っています。

いま、一番の悩みごとは歩くことなのです。家の中では、なんとか伝い歩きができますのでトイレにも一人で行っております。

つい最近までは、何とか電動車椅子の所まで、ゆっくり伝い歩きしながらも行けたはずが、この頃では危なっかしく、電動車椅子の所までも、バランスがうまくとれずに怖くてとても一人では行けなくなりました。

それでも今まで通り、ヘルパーさんや主人と一緒に、どこへでもどんどん出掛けて行っています。

以前からずっとサポートしてくれる三人のお友達と一緒に、旅行にも行って写真を撮っております。

俳句もボツボツですが、指折り数えては作っております。今度は短歌にも力を入れて作品を書いております。

最近は、「歌会始」のお題の短歌も、自分の中のピカ一の作品を送ったりして、楽しみが広がっております。

また、私は障がいがあったので、文字も絵も書くことがむずかしく、絵なんてとても描けないと思っていました。でもパソコンで描けると分かり早速はじめました。しかもワードだけで描いております。○と□と△と線とかを組み合わせて、あれこれと想像しながら描いております。

自分で考えて描くのが楽しくて楽しくてたまりません。やっと一枚目が出来上がった時は、「下手でもこれだけ描けるなんて」ととても嬉しかったものです。「パソコンて何て素晴らしいものだろう」と思いました。今の私にはパソコンが無かったら、文字も絵も書くことが出来なかったので本当にありがたいと思っています。

今では障がいも日々重くなり、とても大変です。でもパソコンの前に座ると何もかも忘れ、没頭しております。

これも津田さんをはじめ、パソコンの竹野下先生のおかげだと思っております。今もパソコン教室に月一回通って三嶋先生に教えてもらっております。先生もビックリして、「ワードだけで、これだけ描けたらいいな」と言っておられます。初めの頃とは違い、人物の指も描けるようになり、自分であれこれ考えに考えて描いております。

これからも、もっともっと文字や絵を上手に描けるように頑張っていこうと思っております。

もう一つお話しさせてください。今年の四月に私どものお墓を建てました。その時に早々と、戒名もつけてもらいました。

私たちには子供がおりませんので、死後の墓守りなど誰にも迷惑かけられません。でも亡くなった時だけは私の方の甥にお葬式などいっさいを頼んでおります。

正直言って、人生の終幕をここまで自らの手で準備出来るとは思っておりませんでした。これも兄姉や主人やお友達のおかげやと思っております。

私の以前の作品の中でも書いたように、中学時代の朝礼の時に聞いた言葉「やれば出来る。磨けば光る。一歩でも前進」と言う言葉が、心の隅にいつも残っており、何か困ったことがあったり、行き詰まったときなどに常にこの言葉を思い出して、それを励みとして頑張ってきました。

これからは、もっともっと障がいが重くなってくると思います。

主人をはじめヘルパーさんや、日頃から私を支えて、励まして笑顔で接してくださるお友達にも、きっと今まで以上に迷惑をかけることと思います。でも、ここまで皆さんの大きな愛にしっかり後押しされながら歩いてきました。これからさらにごめんどうおかけするでしょう。でも、私は開き直って、「これが私の人生」と認めつつ、命ある限り、上手に一緒に歩いて行きたいと思います。

釜谷勝代

平成二十五年七月二十八日

著者プロフィール

釜谷 勝代（かまたに かつよ）

1947年４月23日、佐賀県に生まれる。生後間もなく病気の後遺症として脳性マヒになり、以後徐々に進行。体の障害が重くなっていくなかで、仕事にも遊びにも全力投球し、たくさんの友人を得て、幸せな日々を営む。

1972年、鹿児島国体にて「ヤリ正確投げ」で金メダル、「60メートル走」で銅メダル獲得。

1999年から２期４年間、八尾市の身体障害者福祉会婦人部長を 務める。

2005年から１期２年間、婦人部長を務める。

2009年から肢体部長と婦人部副部長を兼任し現在に至る。

1999年からベーカリーハウス「えいか」にスタッフとして９年間勤務。

2008年４月、退職する。

1998年、八尾市長表彰をいただく。

2004年、大阪府知事表彰をいただく。大阪府在住。

著書『勝っちゃんは障害をもっててよかったわ』（文芸社　2003年）
　　『句集　夫婦で歩いてきた道』（文芸社　2009年）

共白髪

2013年11月15日　初版第１刷発行

著　者　釜谷 勝代
発行者　瓜谷 綱延
発行所　株式会社文芸社
　　　　〒160-0022　東京都新宿区新宿1－10－1
　　　　　　　　　　電話　03-5369-3060（編集）
　　　　　　　　　　　　　03-5369-2299（販売）

印刷所　神谷印刷株式会社

ISBN978-4-286-14437-5